KB275204

김종부 제3시집

낚詩(3)

도서출판 지식나무

　어느 날 문득 동생으로부터 전화가 왔습니다. 무슨 일이냐고 물었더니, 직장과 집을 왔다갔다 다니며 일상적 생활 속에서 틈틈이 감흥적 글귀들을 모아 책을 펴낸다는 이야기를 들었습니다. 우리가 살아가면서 소중하게 여길 수 있는 마음속 깊은 곳에 우러나는 감성을 글로 표현하는 일은 정말 소중하고 값진 일입니다.

　현대 사회에서는 먹고사는 문제로 바쁘게 움직이는 생활 속에서 여유로움을 찾기 힘들고, 점점 더 척박해지고 있습니다. 그러나 아우는 이러한 상황 속에서도 자신의 마음이 끌려가는 대로 하나하나 정리하는 여유를 가지고 있습니다. 이는 단순히 여유로움이 있는 것이 아니라, 자신의 이성적이고 감미로운 예술적 끼의 정신을 확고하게 정리하고자 하는 노력이 아니었나 싶습니다.

　세상을 살아가는 동안, 우리는 종종 물질적인 가치에 집착하게 되지만, 아우는 이상의 세계, 정신의 세계를 정리해보는 것이 가장 귀중한 인생이라고 생각한다는 것을 알 수 있습니다. 이러한 노력은 세상 속에서 가장 귀중한 자신의 인생을 살아가는 방법이라는 생각이 듭니다.

일상에 엮이어 엄두를 못 내는 상황 속에서도 이렇게 인생의 가치를 추구하고 살아가는 마음이 정말 감동적이라는 생각이 듭니다.

아우의 시집에 서문으로 사용될 이 글이 노력과 가치를 잘 전달할 수 있기를 바랍니다.

도시나무화가_**김종수**

목차

대 소란, 騷亂

갈피를 못 잡는 서울은 연일
시끄럽고 소란스럽다

시위의 소란에 우왕좌왕
갈팡질팡만 하는 까만
아스팔트 도로에는
왱왱거리는 벌떼가 더 많다

예전에 서울의 봄은
굉장했는데
요즘도 굉장하지만,
너무 무기력해 보이는 대 소란,

아우성의 봄,

2 낚詩(3)

자연을 몽땅 다
끌어 안은 봄,

발길 닿는 곳마다
상춘 인파에 아우성

발길이 닿지 않는 곳에는
바라보려는 성화에 아우성

봄을 짓는다는 우리는
내내 내내 아우성..

[代理,故障]대리, 고장

조절이 잘 되지 않는 전화벨
잘 보이던 액정판이 안 보이고
모든 게 점차
어둔해지는 일상,

며칠을 벼르고 벼르다가
서비스 센터에
겨우 고치러 갔다

휴대전화기는 아직 쓸만하단다.

나물 캐는 아낙들

들녘에 우르르 모여서
나물 캐는 아낙들
지척으로 널린 나물에
[快哉]쾌재를 지으며 콧노래를 부른다

꽃수다를 떨던 한 아낙은
슬며시 곱살 맞은 얘기를 한다

아 남녀가 사랑할 때는
뭐니뭐니해도 남자 그것이 좋아야 혀,

온실에서 딴 풋고추보다
밭에서 딴 고추가
더 맵고 얼얼 햐,
요즘 봄철인데도 제비도 못 봐,
깔깔..

여자 셋이 모이면 접시가 깨진다던데?
나물이고 나발이고
남성들 거시기한 얘기로
깨가 쏟아지는 아낙들..

수양버들

겨우내 풀어헤친 머릿결 움켜잡고

냇가에 비친 얼굴 살며시 들여본다

수양버들 실가지엔 좁쌀 혹이 돋았네..

봄바람 살랑살랑 옷깃을 스쳐오니

실가지 푸르스름 새 옷을 갈아입고

춘삼월 아침 냇가에 수양버들 손 씻네..

오얏나무의 심기

춘삼월 양지바른 울타리
오얏나무 꽃망울 돋는다

약속이나 한 듯한
쌀쌀한 꽃샘도
어김없이 찾아왔다

꽃망울 트려다
망설이는 오얏나무
쌀쌀한 꽃샘에 불편한 심기일까

움츠러든 꽃망울
틀까 말까
고뇌 속에 빠져든다.

막보, 종부의 쌩뚱맞은 글

동녘에 해 뜨고
서녘으로 해가 저물어갈 때
하루의 일상은
사실상 너무 짧다

짧디짧은 시간에
태산처럼 쌓인 일을
무리한다는 것은
매우 힘든 일이다

혹시 동서남북 순으로
해가 뜨고 지게끔
고칠 수만 있다면 매사 많은 도움이 되겠지..

갑자기 생뚱맞은 글을
막보, 종부는 막, 써본다.

매화꽃의 혼

겨우내 움츠린 나뭇가지
스카치 한잔에
붉그스름 꽃망울 돋아올라
취한 척 흐느적거린다

부풀어 오른 꽃망울
뻥튀기 흉내 한번에
우후죽순 매화꽃이 한창이다

어스름해진 안 동네에
구부정 길하시던 어르신
금세 쭉 펴신 허리 하며
이내 매화꽃 혼을 빼시네..

나 잘살고 있습니다

천방지축 날뛰면서 멋모르고
세상에 덤볐다가

어물전 망신은 꼴뚜기가 시킨다는 말처럼
허둥댔던 시절이 있었습니다

갯벌에 산 낙지 같은..
힘은 넘쳐나고 혈기왕성했던
전성기의 젊은 시절도 있었습니다

어느 세월엔가 철은 들었고 나름
숨가쁘게 살아왔습니다

이제는 내도 나이 들어가는데 깊은
바닷속의 대왕 문어 같은..

여유와 위트가 살아있는 능글능글한
연륜으로
이 힘든 세상을
가족에의 사명을 갖고
지혜와 슬기로 나 잘 살고 있습니다.

해법

가끔 시상이 떠오르지 않을 때가 있다
그럴땐
남들이 써놓은 시를
조용히 보기만 하면 된다

절대 서두르지 마라
좋게 잘 써진 글을 봤으면
흥분하지도 마라

사촌이 땅을 사면 배 아프지 아니한가
누가 잘되는 거 보면
눈꼴 시리지 아니한가

참고 있다가
도저히 못 참겠으면
쓰던거 다시 둘러쓰면 되는 것이고
또,
그러다 보면
좋은 시상이 떠오르게
마련이지 않은가..

문득 생각해본 해법이지만
이것도 좋은 시라 생각을 한다.

기찻길에 피어나 시들어가는 장미꽃

기찻길에 피어난 빨간 장미꽃, 처음 피었을 적엔

유월의 여왕다운 화려한 자태가 눈부시도록 도도했었지..

먼 곳에서 보아도 운치가 있는 엄청나게 돋보이는

정열적인 너의 모습은 감탄사가 절로 나온다

굉음을 내지르고 스치면서 달리는 기차의 바람결에
너는,

너대로 화들짝 놀라

너의 가시에 결국 네가 찔리고

치맛자락 흐드러진 모습처럼
야릇한 모습도 보일 때가 더러 있더라

너절브리 퍼져 있는 주변의 잡초도 덩달아 놀라자빠지며

가시에 찔려서 따갑다고 아우성들이었다

어찌 보면 그 어떤 꽃보다도 화려했다 싶을 적에는

근엄한 왕실에 그 어떤 여왕처럼 군림했다가

또, 어떤 때에는

정열의 상징인 빨간색 재킷 하나만 달랑 걸치고 한 줄로
나란히 나열해 서서

여느 사창가의 뒷골목을 늦은 밤까지 배회를 하는

오입쟁이들의 발걸음을 곁눈질해가며 홀리는 듯한

창녀가 된 듯한 너의 유희적인 몸짓에

흥분을 하며 바라보는 이들의 눈은 모두 너에게로 쏠려
가고 있었다

때마침, 주마등처럼 스쳐 지나는 전철 안에서

차창에 비친 너의 모습은 아이러니하지만

안쓰러워 보일 때가 한두 번이 아니었다

벌과 나비는 물론이고 모든 꽃을 지배하는 인간에게도

보란 듯 고혹적인 자태로 뽐을 내며 에너지를 단박에 충
족시켜 주었지..

공공 사회의 모든 공적 행사에
두루두루 섞여서 함께 공존하며

기쁨과, 행복과, 즐거움을 맛본 뒤안길은

그 어떤 꽃일지라도 슬픔은 분명 있을 것이다

시나브로 찬란하게 피어난 한 송이 꽃이..

꽃 한 송이가

자연의 섭리 따라 시들어 죽임을 맞이해야 하는
쓸쓸한 말로는

우리네의 인생사와 뭐가 다르겠는가..

그리고..
줄기에 돌기 한 많은 가시들의 철저한 보호를 받으며

꽃망울로 다시 고고하게 돋아나 고혹적인 자태,

정열적인 장미꽃으로 거듭 피어나길 간절히 바랄 뿐이다.

일회용

쓰지 말아야 할
일회용품이
수십 가지가 넘지만

무의식 중에
계속 잘 쓰고 있는

나무젓가락
종이컵,
플라스틱 빨대

헷갈리기도 하고
버릇이 들어
전혀 쓰지 않을 도리가 없다

끼적이다 보니
어느새 시를 쓰게 되었네..

미신에 시 둘린 들꽃

봄은 봄인데 이른봄 날
일상 뜻있는 날이 아니면
좀처럼 가보기 힘든
앞동산 양지바른 묏자리에 산소

뜻밖에도 도련뱅이
들꽃 한 송이가 피어있었다

들꽃은 밤낮으로 무엇에 홀린 듯
이유 없는 시 둘림에 시름한다

신경을 아무리 곧추세워봐도
누군가 보이지 않는 곳에 숨어
들꽃인 자신을 응시를 하고 있는 듯했다

화자는 짐작하건대 그 들꽃은
아주 예뻐서가 아니라
다른 곳도 아닌 묘지에서 때 아니게 훌쩍 피어났으니

생전에 겪어 본 후로 죽어서는
보지 못한 망자의 무덤이기에
미신이라 생각을 아니할 수 없지..

습한 눈을 맞으며

[雪]눈은 나의 눈높이에서부터
녹아내리면서
얼굴의 [眉間]미간을
흠뻑 적셔 놓는다

다들 봄이라고 말들을 하는데
하얀 [雪]눈은 왜,
어째서 줄곧 내리는가..

하얀 [雪]눈 녹아 줄줄 흐르니
빗물 같고 눈물 같아 도통 분간을 못 하겠네,

종일토록 내리는 습한 [雪]눈 속에
담가진 마음은 너나없이
소금물에 절어가는 듯..

태몽꿈

어떤 날 밤에..
시를 썼다

꿈에 그리던
시를 썼고
그날 밤 장원급제했다

꿈을 이룬 밤
썼던 시는
고추 달린 태몽 꿈,

봄은 봄이네요

춘삼월 봄꽃들에 개화가 일장춘몽
꽃샘에 마파바람 엉거주춤 꽃망울은
옴마나 깜짝 놀란다 느닷없는 바람에..

움트는 꽃망울을 한동이 따가지고
실개천 개여울에 뻥튀겨 뿌려주니
산책길 오가신 분들
즐거움이 더하리..

윤슬에 반짝이던 개여울 둑방에는
석양에 물든 낙조 찬란히 아름답고
땅거미 스멀내리며 상춘인파 들끓네..

해마다 페스티벌 최고를 지향하니
자고로 첫계절의 명예와 권위의식
썩어도 준치라는 말
괜한 말은 아닌 듯.....하네요.

꽃바람

이 길목 저 길목을 휘젓던 꽃바람은
밤낮을 안 가리고 허공을 맴돌다가
꽃망울 돋는 나무는 죄다 차고 다니네..

참다가 벼르다가 길목을 지키는데
눈치챈 꽃바람은 하늘로 솟구친다
닭 쫓던 개가 허탈해 한 것처럼 멍하네..

아리송해

아리송하게 내리는
하얀 눈
설레던 마음에
재를 뿌리고
봄은 봄인데 봄 같지 않은 봄..
억지춘향
내리는 봄비에
아리송하게 마음 젖는다.

봄꽃

22 낚詩(3)

봄꽃은 참 요란스럽고
천진난만하게 만개한다

흐트러진 모습은 마치,
개구쟁이와 장난꾸러기..

단색으로 깔맞춤한 꽃,

엄마가 즐겨 입으셨던
치마저고리 같은 색..

몸개그 한 기지개

창밖을 내다보니 물오른 나뭇가지
부푸른 꽃망울은 뻥튀기하려 하네
능청스럽게 켜지는 기지개의 곡소리..

창밖을 지나치던 따사한 햇살 님이
한 걸음 다가와선 깔깔깔 웃습니다
기지개 켤 때 배꼽이 춤을 추었나 봅니다.

삼일절 기념

24 낚詩(3)

가만히 우러러본 삼월의 푸른 하늘
가만히 우러러본 류관순 누나 모습
옥 속에 갇힌 그 얼굴 생생하게 떠올라..

만세만세 만만세 대한민국 만만세
대한독립 외치다 순국하신 류관순
삼일절 기념 행사에 국민 모두 숙연해..

널 만났다는 건

널 만났다는 건
정말
행운이야..

그것은 곧,
나의 행복이니까!

너도 마찬가지일 거야..
그것은 곧,

내가 너의
행운이고
행복이니까!..

詩 속에 꽃이 핀다

봄이 오면은
詩 속에 꽃이 핀다

詩, 香, 그윽한
곱고 예쁜 꽃

개나리 목련
진달래도 눈에 그윽한

정성스런
한 소절의 詩

봄이 오면은
詩 속에
아름다운 꽃이 핀다.

엄마 찾아 삼만리

설 둥 말 둥
발을 못 땐다

엄마 찾다
데구루루룩

갓 태어난 냥이가
찌찌 꽁냥 삼만리..

아내에게 기념일의 편지

사랑과 신뢰 하나로 만난
우리 결혼기념일을 맞이하여

그동안 힘이 되어준 당신에
고맙다는 사랑 한다는
표현을 좀 해야 하는데 쑥스럽기만 하네,

여보 사랑해요..

우리 앞으로도 더욱더
아끼고 열심히 사랑하자!

큰 아범 작은 아범
딸같은 두 며늘이
귀여운 손주놈들에게

행복이 뭔지 보란 듯
온 힘을 다하는 좋은 어른이 됩시다

앞으로도 남은 인생은
아프지도 말고 재미나게
우리끼리 잘 살아봅시다.

극적으로 되찾은 결혼기념일

알다가도 모른 일
잊었다가 생각나고
생각났다가 다시 잊는, 정말
깜박깜박한 일..

내가 왜 깜박이는지
건망증을 의심해 본다

천만다행인 것은
어제까지도 생각이 났었던
나의 결혼기념일인데
홀라당 까먹고 있다가 생각이 났다는..

제일 중요한 것은
아내와 함께
극적으로 되찾은 결혼기념일..

해후邂逅

두 長成장성은 테라스 난간에서 서로
먼 허공을 응시하며 줄 곳
무언가 생각을 하는 듯 無言무언의
긴 시간을 서성거린다

형제자매는 마음속에 늘 그리움이 많았다
실로 오랜만에 상봉을 한 터라
짓눌렀던 그동안 감정이 북받쳐 올라
심장 박동은 두근두근 요동을 친다

담장 안 울타리에 싸리나무처럼, 서로
꼬이고 엉켜서 지나온 나날

새침하게 삐치고 심기 가득하게
칠옹성처럼 장막을 쌓던 감정은
동기 부여가 된 큰 누님 喪妻상처로 빗장이
잠시 풀어져 버린 찰라

나보다 생각이 더 나은 장성에게
사랑의 큐피드를 한 방 먹으니

마음은 꿀물 녹듯 스르르 녹아내린다

서로를 비유하며 새끼를 꼬아버린
일말의 世態세태는 마음에
더덕갱이가 져버린 큰 생채기였는데

피는 속일 수 없다고 계속 되뇌면서
응어리진 딱지를 홀딱 떼어버리니
엉켰던 실타래는 단박에 술술 풀리고
닭똥 같은 눈물은 쉼 없이 바다를 이루었네..

십행시

철/ 철새의 천국 아름다운 동네가 있었다

지/ 지지고 볶으면서도 잘 살았던 철새 무리

난/ 난 처음 알았지 굶주린 철새가 많다는 걸

동/ 동서를 가로지른 남북 사이에 철조망이 있다는걸

네/ 네이버를 그렇다고 일일이 펴볼 순 없는 일

에/ 에초부터 오지 말았어야 하는 동네였지

서/ 서쪽 하늘을 바라다 보며 생각해 본다

떠/ 떠나려한 사랑을 따라, 행복한 곳을 찾아

난/ 난 정말, 그간 정들었던

다/ 다사다난했지만 철지난 이 동네를 떠난다.

대중교통의 여유

창밖에 보이는 자연의 풍광들이
옆으로 지나치는 주마등 같음이라
눈으로 대충 넘기며 주간지를 보는 듯,

가다가 멈춰 서면 창밖을 내다보고
어디쯤 지나왔나 다시금 쳐다보고
지긋이 실눈을 뜨고 여유있는 기다림..

이윽고 목적지에 다다른 느낌인데
LED 전광판은 다음을 가리킨다
엄마야, 화들짝 놀라 허겁지겁 내리네..

헷갈리는군

34 낚詩(3)

초록빛 바다 건너
가물가물 보이는 먼 산 쪽을

수평선이라 할까,
지평선이라 할까!

바닷물에 비친 붉은
새털구름을 보니

하늘이 바다 같고
바다가 하늘 같은데

그럼, 붉은 노을에 비친 윤슬은
어디로 갖다 붙이나..

날마다 오늘

남들은 내일이 있다고
말들 하지만
나에게 내일이란
사전에 없다

오늘 지나면 내일 또 온다지만
단 한 번도 본 적 없다

아침에 눈 뜨면 오늘
날마다 오늘인데,
무슨 얼토당토않은 내일..

사오정의 허세

봄향기 그윽한 어느날
하릴없이 심심해 하던 사오정..

먼 산보다도 더 높을 것 같은
마천루에 급히 오르려다
심장이 벌렁벌렁하고
기진맥진해 쓰러지려고 한다

고진감래 하며 가까스로
마천루에 다 오르니
뜻밖에도 먼 산은 엄청나게 더 높았다

기가 찬 듯한 사오정은
심각한 표정으로 뭔가 작심을 한듯
뒤도 돌아보지 않고
단박에 뜀박질을 한다
다시 먼 산을 오르기 위해..

꽃망울의 혼

생기 오른 가지
붉그스름 돌기 돋아

스카치 한잔에
취한 듯 흐느적거린다

부풀어 오른 꽃망울
터지는가 싶더니
우후죽순 튀밥 알갱이 붙었네

어스름한 동내에
길하시던 어르신

쭉 펴신 허리하고 이내
꽃망울 혼 빼시네..

푸른 솔아..

솔, 솔아 푸른 솔아
천만년 푸른 솔아
태초太初에 푸른 잎이
온 누릴 덮었더냐
망자亡者에 묏자리 지형地形
혼魂은 영원永遠 푸르리..

코털을 뽑으며

자유를 누릴 수 있는
좁은 공간
우리 집 화장실..

세면대 거울 앞에서
오만가지 인상을
다 써가며 집요하게 코털을 뽑다가

거울에 비친
우스꽝스러운 모습을 보면서
그만 히히 웃고 말았다.

마음에 꽃

40 낚詩(3)

그대는 마음에 꽃,
아름다운
추억의 꽃,

어느날 홀연히 떠나갔지만
아련하게
떠오른 그대를
지울 수 없어

가슴 한켠에
영원한 마음으로
남아있는 꽃,

봄 처녀

하루하루 지날 때마다
피부에 와닿는 느낌은

눈에는 보이지 않지만
남쪽에서 아스라이 불어오는
봄바람이 옷깃을 스친다

때가 되면 찾아오는 봄
작년 이맘때 그 자리에 있는데

아직은 쌀쌀 하지만
봄 오는 길목에서
시나브로 다가오는 봄처녀..

잊을 수 없는 사랑의 사계절

42 낚詩(3)

꽃내음이 가득한 봄,
여인의 향기가 그윽한 봄..

벌, 나비는 꽃을 찾아 나섰다
사랑을 해야 하겠기에..

해변에 은빛 모래를
맨발로 걸을 때마다 생기는 발자국

파도에 휩쓸리고
흔적없이 사라질지라도
여름 속의 젊음은 결코
잊을 수가 없다

썼다가 지우고 또
썼다가 지우고
사랑은 뭐, 다 그런 거니까!

낙엽을 밟는 날은 특히나
우수에 젖으니

가을은 참, 좋은 계절이다
낭만도 있고 사랑도 있고 슬픔도 있으니

하얀 눈이 쌓인 은빛 설원
춥긴 하지만
연인과 스키도 타고
키스도 하고
역사가 이루어지는 밤
사랑은 꼭 이루어지리니..

다시 엄마 품으로

한없이 순수했던 착한 아이가

모든 게 호기심 투성인 사춘기에

감정 결핍에 무언의 반항아가 되어

엄마에겐 늘 관심거리가 된 아이

본디 엄마를 닮아 착한 심성이지만

사탕발림한 친구들 꼬임에 넘어가

2박 3일 가출에 무지막지 고생을 한다

찬바람이 불어대는 냉혹한 거리에서

호된 싸대기를 된통 얻어맞은 아이

생애 첫 쓰디쓴 사탕 맛의 깨달음

순수한 마음, 다시 엄마 품으로..

努力노력

글을 쓰든 그림을 그리든
남들이 하는 건 모든 게 엄청나게 쉬워 보인다
발 동심에 막상 무얼 하다 보면
잘될 일이 만무고
쉽게 되는 일도 하나 없다
옛말에 누워서 떡 먹기란 말이 있다
감나무 밑에 누워서
감 떨어지길 기다려봐라
옜다, 감이 저절로 떨어지는지
글을 쓰든 그림을 그리든
감나무 밑에 드러누워 있든
알아야 할 필요성은 일도 없지만
적어도, 自身자신에 대한 知識지식과
哲學철학을 兼備겸비한
피나는 努力노력은 있어야 하겠다.

늘해랑

46 낚詩(3)

늘/ 대화하듯, 나의 시를 예쁘게 읽어주는 쌤께서
　　그 화려한 감각, 문학 밴드에 계십니다

해/ 맑은 목소리의 소유자이십니다

랑/ 랑 십팔 세 소녀 같은 완죤 애교덩어리라
　　오늘도, 또 그렇게 난 죽습니다

자전거 타기

자전거 타는 사람마다
쫙 달라붙은 팬츠의 엉덩이가
실룩거린다

앞서거니 뒤서거니 하는
견제 속에서도 지속해서
반복되는 서로 간에 실룩거림

고글을 쓰고서 안 보는 척해도
못 본 척 안간힘 써도
각 자간의 눈초리는 모두 엉덩이로 쏠린다

눈 가리고 아웅 하는 식의
고사성어가 문득 떠오른다

이런들 어떠하리
저런들 어떠하리
너는 너 나는 나 성역 없이 즐겨보리라

힘들고 고단한 일상에서 한 번쯤
벗어나고 싶어했기에
자전거 타기를 맘껏 누려보련다.

詩評:

시인의 "자전거 타기" 이 시는 유머와 함께 일상에서의
작은 탈출을 그려내고 있어요.

자전거를 타며 느끼는 자유와 즐거움, 그리고
다른 사람을 바라보는 시선이 재미있게 표현되었습니다.

특히 엉덩이의 실룩거림을 통해 생기는 유쾌한 이미지가
독자에게 웃음을 주는 것 같아요.

또한, "너는 너 나는 나"라는 구절은 각자의 삶을
존중하며 즐기자는 메시지를 전달하며,
힘든 일상에서 잠시 벗어나고자 하는 마음이 잘 드러나
있습니다

눈살 찌푸린 설경

기습적, 내린 눈발
눈살을 찌푸리며 본 설경은
진짜 무진장 아름다웠다.

한 편의 시가 되기까지

뇌리에 스친 나의 모든 생각은
시시때때 썼다 지우기의 반복에
손가락 지문이 닳을 정도고
한 편의 시로 탈고가 되기까지는..

떡방앗간에서 만들어내는
길죽한 흰 가래떡처럼
국숫집에서 만들어내는 가늘고
짧은 국수처럼

어쩌다 너저분한 생각을 할 때는
엿장수 마음대로 막 갈겨 쓴 낙서처럼

도저히 이게 아니다 싶으면
기름집 기름틀에서 정갈하게
짜 내리는 참기름, 들기름 같은

골백번도 더한 생각으로
반복되는 수정에 수정을 거치며..

설국의 아침 산장

쉼 없이 내리는 눈발,
새하얀 설국,
설경 속의 아름다운 산장,

하얀 롱패딩을 입고
눈에 덮인 테라스
테이블에 앉아
따스한 모닝커피를 마신다

김이 모락모락 오르는
글라스 찻잔 속으로
바람에 날린 눈은 백설탕이라도 된 듯한 행세다

새하얀 설국의 눈부신
설경을 바라보며
모닝커피 한 잔에 스토리가 있는
추억을 만들어가는 아침이다.

回春회춘

還甲환갑을 넘어 進甲진갑까지
시끌벅적 왕성하게 다 우려 먹고
자연스레 식어간 不治불치의 性慾성욕
눈엣가시가 된 欲求욕구는
가슴에 박힌 옹이가 된 지 오래다

서로의 마음을 존중하여 그걸 잊고
지내온 지가 언제였던가
부침개 지지듯 홀랑 뒤집힌 강산도 울고가 듯이

파란만장했던 나의 청춘은 딱,
육십 줄까지가 한계였던가, 대략
잊고 지내온 지난날 보다
요즘은 꿈속 아무 데서나 아랫도리에
팍팍 힘 솟는 느낌이 든다

아직, 그냥 지나 七旬 칠순 없는 나이
발아래부터 머리끝까지
기가 뻗쳐올라 주체를 못하는
露地노지에 들불 같은 血氣혈기
봄을 맞아 나뭇가지에 물오르듯
여지없이 回春회춘의 로또를 맞았다.

까닭이 있었기에

싸늘한 바닥에 드러누운 당신
외로운 발걸음 재촉하며
저 멀리 내 곁에서 멀어져갈 때

시중에 너절브리한 그 흔한
꽃 한 송이를 당신 영전에
올려놓지 못하고
애써 무거운 발길 돌려야 했습니다

냉혹한 추위에 차디찬 몸으로
변해 버린 당신의 모습은 많이
쓸쓸해 보였는데
내 모습은 너무나도 슬픈 나머지
어찌할 바를 몰랐습니다

먼 훗날 당신이 그립다 하시면
나 또한 당신이 그리워지면
그때는 이곳에 한걸음 달려오고
진정 사랑했던 마음으로
꽃 한 송이 고이 올려놓겠습니다.

아랑곳없다

54 낚詩(3)

어제는 봄의 전령사가 다녀갔다
동구 밖까지는 벌써 봄이 와 있단다

이제부턴 내가 부지런을 떨어야 할 차례
우리 집 베란다를
예쁜 꽃밭으로 만들기 위해
작년에 채집한 씨앗을 꺼내 놓는다

아침부터 지인들 입춘 인사는
카카오톡에 봄소식을 알리느라 몹시 시끄럽다

아직 어깨를 잔뜩 움츠린 추운 날씨
찬바람도 많이 부는데
봄을 기다리는 우리 마음은 전혀
아랑곳없다.

미운털

다림질한 것처럼 착 달라 붙은 머리
모자를 벗으려니 정전기 일어나네
겨우내 기른 수염은 거지 같아 보이네..

무관심 내버려둔 숱 많은 너털머리
제멋의 너털수염 깎으면 그만인데
가슴에 자란 미운털 마음 많이 아프네..

저녁때

저녁때 해질 녘에 땅거미 드리우면
후다닥 부엌으로 달려간 울 엄마는
아궁 속으로 불 지펴 밥 짓느라 분주해...요.

뜨끈한 아랫목서 삐딱선 타신 아빠
배고파 배고프다. 노래를 하시는데
다급해지신 울 엄마 허둥지둥 난리네...요.

그냥 지나칠 순 없는 나이

설날 하루 손주 놈들에게
들어도 그만 안 들어도 그만인
할아버지 소릴 귀가 따갑게 들었다
며칠 후 서울 종각에서
지인과의 만남으로 전철을 탔다
아무런 생각 없이 노약자 자리에서
편안한 자세로 눈을 감고 앉아 있었다
두세 역 남기고서는
앞에 서있던 분이 갑자기
거 젊은 양반 자리 좀 양보해요, 깜짝
눈떠보니 나보다 나이 많은
한 팔십쯤 들어 보이는 양반이 떡하니 앞에 있었다
모른 척을 해버릴까..
나도 그냥 지나칠 순 없는 나이기에
억울함도 약간은 있었지만
끽소리 한번 진짜 못 했다.

詩評:

시의 감정은 매우 공감됩니다.
노인으로서 느끼는 자존심과 사회적 위치에 대한
갈등이 잘 드러나 있네요.

설날 가족과의 대화에서 느낀 따뜻함과는 대조적인
먹을 만큼 먹은 나이에 지하철에서의 어색한 상황을 상
징적으로 보여줍니다
.

특히 "그냥 지나칠 순 없는 나이"라는 구절은
자신의 존재와 가치에 대한 고뇌를 잘 표현하고
있습니다.

移越이월 받은 달

이달은 얼마나 짧은데
일은, 또
얼마나 많은데

일월에 다 못한 일을
移越이월 받은 달

태산처럼 쌓인 일감,
이달은 한없이 짧은 달.

봄

스멀스멀 알게 모르게
다가오는 봄,
사계절 첫 번 타자 봄의 의미는?
새술은 새부대에 담는다

봄이라는 성역聖域에서의
역할役割은
꽁꽁 얼었던 겨울을 녹이고
양지를 찾아가며
점차漸次 예쁜 꽃을 피운다

땅 속에 숨죽였던
모든 만물을 찾아 일깨우는 봄,
전해오는 말대로
새술은 새부대에 담는다.

이 시는 봄의 도래와 그 의미를 다루고 있습니다.
봄은 겨울의 추위를 녹이고, 새로운 생명과
아름다움을 다시 일깨우는 계절로 묘사됩니다.

1. 봄의 도래,
봄이 스멀스멀 다가오는 모습으로 시작하며, 새로운 시작
을 알립니다.
2. 새술은 새부대에 담는다,
새로운 변화가 필요하다는 의미로, 새로운 환경에서 새로
운 것을 받아들여야 함을 강조합니다.
3. 자연의 회복,
겨울 동안 숨죽였던 만물들이 다시 깨어나고, 꽃이 피어
나는 과정이 그려집니다.

결국, 봄은 변화와 재생의 상징으로, 새로운 기회를 맞이
하는 중요한 시기로 해석할 수 있습니다.

눈높이

눈높이를 맞추려면
깨끔발을 딛어야만 하나

서로 바라보는 눈빛은
엇박자로 비껴간다

네 눈이 높은 만큼
콩깍지 같은 눈으로 밑을 깔아 보고

내 눈이 낮은 만큼
까 제비 눈으로 레이저를 쏜다.

詩評:

시인의 "눈높이" 이 시는 서로 다른 시각의
간극을 잘 표현하고 있습니다.

'눈높이를 맞추려면'이라는 구절은 관계에서의
이해와 소통의 중요성을 강조하는 것 같아요.

서로의 시각을 이해하려는 노력이 필요하다는 메시지가
인상적입니다.

상판때기

厭惡염오한 상빤때기
姿態자태가 妖艶요염하네
늘씬한 각선미를
누군가 훔치는데
곁눈질하던 시동생 형수한테 들켰네..

도련님 제발 좀요 올해는 결혼하셔...윳

詩評:

시인의 시 "상빤때기"는 현대적인 감각과
유머와 풍자가 잘 어우러진 전통적인 시조의 요소가
잘 어우러져 있는 작품으로 보입니다.

상반신의 매력을 비꼬면서도 결혼에 대한 압박을 담고
있어 흥미롭네요.

시의 전개와 감정이 매우 독특하게 표현되어 있어 읽는
재미가 있습니다.

설날,, 雪 날

까치까치 설날은 어저께 같은데
雪 雪 하얀 눈 내린 날
때때옷 입은 손주가
세뱃돈 타러 왔네요
雪 날,, 설날은 우리의 명절
새해 복 많이 받으세요.

詩評:

시인의 "설날,, 雪 날"은 설날의 따뜻한
가족애와 함께 눈 내리는 풍경을 잘 담아낸 시네요.

설날의 의미와 함께 세뱃돈을 타러 오는 손주를 통해 전
통과 소중한 순간을 표현하고 있습니다.

새해 복을 기원하는 메시지가 특히
따뜻하게 느껴집니다.

젊었을 적 이야기

서울의 큰 번화가도 아닌 지방의 면 정도
되는 상권 어스름한 저녁쯤 되면 복작대는 거리
허름한 다방엔 레지아가씨가 있었고
양철판 니나노 술집이 허다하게 많았었지,
주전자에 담은 술, 막걸리 "한 되,
따끈따끈한 고급술, "정종, 한 주전자
보편적으로 막걸리를 주로 마셨더랬지
과부는 의례적으로 기본이라서
酒기가 오르면 젓가락 장단에 맞춰 노래 부르고
그게 싸다는 생각에 주야장천 마시러 다녔지!
선배 형님들 뒷바라지 슬슬해가면서
술맛을 알고 난 뒤 돈이 아쉬웠어
돈을 벌러 직장을 다녔지
몇 년을 꾹 참고 잘 다니며 돈도 제법 모았어
배가 부르니 술버릇이 또 도진 거야!
직장 핑계로 술을 또 입에 퍼붓게 되었어
월급 탄 날 몇 명이 가보시키 해 방석집에서
술을 마시다 보면
술이 술을 마시고 취기에 거나해지면
기분에 찔러주는 팁 때문에

두둑했던 누런 월급봉투는 텅 비어
더는 마실 돈이 없어 쫓겨나기 일쑤였지,
그땐 한 상에 얼마 한 상 끝나면 또 한 상
술값이 불어 모자란 금액에
손목시계 차압 들고 옷이 벗겨지고
겨우 집에 갈 차비만 구걸해서 빠져나오기,
요즘은 카드라도 있어 다행이지만..
다음날 정신이 들면 부글부글 끓는 속앓이
집에 가져갈 돈은 없고
봉급이 늦는다고 거짓말하다가
술 먹은 죄인들끼리 돌려막기로 땜질하고
후에 잠잠해지면 또 모여서
술 먹기를 반복하는 일상을 그 짓거리를 하며
그간 뿌려댄 돈이 너무 아까워, 한번은
먹고 튀자는 제안에 작당들을 하면서도
만약에 튀다 잡히면 잡힌 사람이 우선
뒤처리하고 차후 나눠 돌려주기 뭐, 대충
이런 식으로 한때의 젊음을 날렸었지
지금도 그때를 생각하면, 가식이 너무 심했었나 봐,

詩評:

"젊었을 적 얘기"는 젊은 시절의 일상과 그 속에서 겪는 술과의 관계를 솔직하게 표현하고 있네요.

지방의 소소한 상권에서의 삶, 그리고 그 속에서 느끼는 허무함과 반복되는 일상이 잘 드러납니다.

특히, "주야장천 마시러 다녔지"와 같은 구절은 젊음의 즐거움과 그로 인한 후회가 교차하는 순간을 포착하고 있습니다.

술에 취해 잊고 싶었던 고민을 덮으려는 모습과,
결국 그로 인해 생기는 경제적 어려움이 공감할 수 있는 부분입니다.

마지막에 언급된 "가식이 너무 심했었나 봐"라는 반성이 인상적입니다.

젊은 시절의 방황과 그 속에서 자신을 돌아보는 성찰이 담겨 있어서, 많은 이들이 공감할 수 있을 것 같습니다.

민들레야

햇살을 받으면서 틈새에 낀 민들레
인상을 쓰면서도 군소리 하나 없네
잘 피어줘서 예쁘군 노랗게 핀 민들레..

애달픈 삶에 시련試鍊 꿋꿋이 잘살기를,

詩評:

이 시는 민들레를 통해 삶의 강인함과 아름다움을 표현
하고 있습니다.

햇살 속에서 피어난 민들레의 모습이 애달픈
현실 속에서도 꿋꿋이 살아가는 모습을 상징적으로 보여
주네요.

힘든 환경에서도 피어나는 민들레의 모습이 독자에게 희
망과 용기를 주는 것 같습니다.

시인의 작품은 항상 깊은 메시지를 담고 있어서 감동적
입니다.

봄이오면

반가운 소식을 안고
코앞으로 바짝 다가온
봄의 전령
시샘과 질투로
얼룩이지는 봄이 오면
어떠한 글로 서
독자들에 따가운 눈총을 받을까?
한울타리 한 곳에
같이 피어난 꽃들도
서로 시샘하고
질투하는데
여린 마음 조아려
연분홍색 분칠한 화장발로
보란 듯한 잘난 듯한
예쁜 봄꽃처럼,
이내 자랑질 좀 찐하게 해보련다..

詩評:

 "봄이오면"은 봄의 도래를 통해 인간의 감정, 특히 질투
와 시샘을 탐구하는 시입니다.

시인은 봄꽃들이 서로를 질투하고 비교하는 모습을 통해,
인간 사회에서도 비슷한 감정이 존재함을 암시합니다.

화려한 봄꽃의 외적 아름다움 뒤에 숨겨진 복잡한 감정
들을 드러내며, 독자에게 공감과 사색을 유도합니다.

전반적으로, 봄이라는 자연의 변화가 인간의 마음속 갈등
을 상징적으로 표현하고 있어 흥미로운 메시지를 전달합
니다.

하얀 어느 날

속 살을 파고드는 겨울 찬바람..
발목까지 빠지는 눈밭 길을 걷는다

힘든 걸음에 상승한 체온體溫
머리에는 모락모락 김이 오르고
구슬 같은 땀방울이 주르륵 흘러내린다

體內체내에 낀 脂肪지방 덩어리가
새까맣게 타들어 가듯이
온몸 불사르며 눈밭 길을 걷는다

아름다운 추억을 만드는 과정에
아름답지 못한 체력,
힘들어하며 하얀 눈밭에 풀썩 주저앉는다

노익장의 허세와 가식이 부른 대참사
단내가 입안에서 폴폴 풍기는 몰골
모질고 혹독하게 추운 하얀 어느 날..

詩評:

"하얀 어느 날"은 겨울의 혹독한 날씨와 그 속에서 느끼는 인간의 고뇌를 잘 표현한 시입니다.

1. 주제와 감정: 시는 겨울의 차가운 바람과 눈 속에서의 힘든 걸음을 통해 인간의 고통과 그 속에서도 아름다움을 찾으려는 노력을 담고 있습니다. 힘든 여정 속에서 느끼는 체온의 상승과 땀의 흐름은 고난 속에서도 삶의 의지를 상징합니다.

2. 형태와 언어: 시의 언어는 생생하고 강렬합니다. "속살을 파고드는 겨울 찬바람"이라는 표현은 겨울의 차가운 현실을 직설적으로 전달하며, "모락모락 김이 오르고"라는 구절은 겨울의 생동감을 잘 나타냅니다.

3. 이미지와 상징성: 눈밭과 겨울은 고난과 역경을 상징하며, "체내에 낀 지방 덩어리"는 개인의 내면적 갈등을 상징합니다. 이러한 이미지는 인간이 겪는 고통과 그로 인해 성장하는 과정을 잘 드러냅니다.

4. 마무리: 마지막 구절에서 "하얀 어느 날"이라는 표현은 겨울의 아름다움 속에 숨겨진 혹독함을 암시합니

다. 이 시는 고난이 아름다운 추억으로 이어질 수 있음을 보여주며, 독자에게 깊은 여운을 남깁니다.

전체적으로 "하얀 어느 날"은 겨울의 혹독함과 그 속에서의 인간의 삶의 의지를 탐구하며, 고난을 통해 아름다움을 발견하는 과정을 잘 표현하고 있습니다.

豫感예감, 2

까만 밤에 하얗게 사달이 나고 싶은 밤,

밤사이에 하얀 눈이 내렸다

꿈속에도 하얀 눈이 내렸다

콩깍지가 낀 눈으로
까만 밤을 불태워 지새운 밤

소원이 이루어진 밤

어제의 豫感예감이 맞아떨어진 밤,

詩評:

"豫感 예감, 2"는 밤의 정취와 꿈, 그리고 소원 성취에 대한 감정을 담고 있는 시입니다. 이 시는 다음과 같은 요소로 구성되어 있습니다.

1. 주제와 감정: 시의 주제는 밤에 내리는 하얀 눈과 그로 인한 감정의 변화입니다. "까만 밤에 하얗게 사달

이 나고 싶은 밤"이라는 구절은 고독과 갈망을 동시에 드러내며, 하얀 눈은 순수함과 희망을 상징합니다.

2. 형태와 언어: 시의 언어는 간결하면서도 상징적입니다. "밤사이에 하얀 눈이 내렸다"는 반복적인 구조가 시의 리듬을 만들어주며, 감정을 더욱 강조합니다.

3. 이미지와 상징성: 하얀 눈은 새로운 시작과 소원의 성취를 상징하며, "콩깍지가 낀 눈"이라는 표현은 순수한 사랑이나 꿈에 대한 비유로 해석될 수 있습니다. 까만 밤은 불확실한 감정이나 고독을 나타냅니다.

4. 마무리: 마지막 구절에서 "어제의 예감이 맞아떨어진 밤"은 예지와 소망이 현실로 이어지는 순간을 강조하며, 독자에게 희망적인 메시지를 전달합니다.

전체적으로 "豫感 예감, 2"는 밤의 신비로움과 그 속에서 이루어지는 소망의 성취를 아름답게 표현하고 있습니다. 이 시는 독자가 느끼는 감정의 깊이를 함께 공유하며, 소망이 이루어지는 순간의 기쁨을 되새기게 합니다.

欠談흠담

약속보다 이른 시간 카페를 갔다
아까부터 귀가 계속 간지러웠다

몇 번을 만지작거리니 솔깃한 귀,
곁눈질로 주위를 슬쩍 슬쩍 살폈다

좀 멀리 떨어진 구석 자리에 앉은
젊은 여편네들 세 명이 앉아서
누군가를 응시하며 欠談흠담을 한다

옛말에 뉘가 흉보는 말을 하면
귀가 많이 간지럽다더니, 이 말은
旣定기정 사실인가 보다

귀를 만지작거리다 말고 보란 듯
겨드랑이를 보이며 벅벅 긁었더니
낌새 차린 여편내들 기절초풍하네..

詩評:

이 시는 "흠담"이라는 주제의
단어가 주는 생소함과 함께,
귀가 간지러운 상황을 통해 주변의 시선을
유쾌하게 표현하고 있습니다.

특히 마지막에 겨드랑이를 긁는 장면은
예상치 못한 반전으로 웃음을 주네요.
사람들 사이의 관계와 소문에 대한 통찰력이
느껴집니다.

예감豫感

78 낚詩(3)

하얀 밤이 까맣게 되고 싶은 밤,

눈을 감으니 까만 밤이 되었다

꿈속에도 까만 눈이 내렸다

소원이 이루어져 참 기쁜 밤

내일은 어떤 일이 날 것 같은 예감豫感 ..

그리움

속살을 파고드는 한겨울 찬바람에
몇 해 전 여윈 여식 눈가에 어른댄다
母情모정의 세월 오늘도 쌓여가는 그리움..

길고 긴 올겨울은 모질고 혹독한데
강남 간 울 제비는 깜깜무소식이네
앞산 자락에 殘雪잔설이 녹으면은 혹시나..

詩評:

정말 깊은 감정이 담긴 시입니다. 한겨울의 찬바람과 그
리움이 어우러져 모정의 세월이 잘 표현되었습니다.
"몇 해 전 여윈 여식"라는 구절에서 그리움과 애틋함이
느껴지고, "강남 간 울 제비"는 소중한 사람에 대한 그리
움을 더욱 강조합니다. 마지막의 잔설이 녹는다는 이미지
가 재회의 희망을 상징하는 것 같아 따뜻한 감정을 불러
일으킵니다.

그리움

80 낚詩(3)

속 살을 파고드는 겨울 찬바람
지난 봄 여읜 딸 아이 생각이 난다

긴긴 겨울은 모질고 혹독한데
강남 갔던 제비는 소식이 없네
가슴 한켠에 쌓여가는 그리움

앞산 자락 잔설이 녹아 흐르면
시집간 딸에게 기쁜 소식 오려나..

스트레스, 약

불미스런, 그렇고 그런 일들이
어느 가정에서나 비일비재하게 일어나는데
아무것도 아닌 양 그저,
웃고 넘길 일이 아닐 때가 있다

그렇다고 화를 벌컥 내고 나면
일이 커질 것은 불 보듯 뻔한데

정녕, 웃어 넘길 일이 아니라면
왝 소리가 날 때까지 박박 문지르며
세면대에서 칫솔질을 해보자..

힘껏 칫솔질을 하다가 보면, 거울에
오만 상이 다 나타나 보이는데
쌓인 스트레스는 절로 풀어진다

칫솔질을 하면, 하는 만큼은 절대
웃을 수는 없는 일이기에
다하고 끝나면 실컷 파안대소하자,

詩評:

시인의 이 시는 스트레스를 다루는 독특한
방법을 제시하고 있네요.

일상에서의 불미스러운 일들을 웃어 넘기기 어려운 상황
에서, 칫솔질을 통해 스트레스를 해소하는
과정을 담고 있습니다.

특히, 칫솔질을 하며 거울 속의 다양한 감정을 마주하는
모습이 인상적입니다.

스트레스를 물리치기 위해 스스로의 감정을 솔직하게 바
라보는 것이 중요하다는 메시지를 주는 것 같습니다.

삐딱선

올바른 마음을 가진 사람들도
가끔은 삐딱선을 곧잘 타곤 하는데

연일 뒤숭숭한 날씨에
內面내면의 잠재의식은
대다수가 일맥상통한다

저 멀리 높은 굴뚝에서
빠딱하게 나오는 까만 연기는
무턱대고 비구름을 만들려하니

좋지 않은 豫感예감을
認知인지한 철새들도
삐딱한 날갯짓을 하며 훌쩍 어디론가 날아간다

켜켜이 쌓여만 가는
불평불만을
삐딱한 시선으로 聲討성토하며
어떤 이들은
한겨울 일상에 불을 지핀다

바라보는 視角시각과
들리는 聽覺청각
생각하는 마음은 시시때때 다르니..

詩評:

시인은 올바른 마음을 가진 사람들도 때때로 삐딱한
시선을 가지게 된다는 점을 강조하며, 이는
사회와 개인의 내면에서 발생하는 갈등을 나타냅니다.

"삐딱선"이라는 시는 인간의 복잡한 감정과 사회적
불만을 잘 표현하고 있습니다.

특히, 날씨와 굴뚝에서 나오는 연기를 통해 불안과 불만
을 상징적으로 묘사하고, 철새의 날갯짓을 통해 불안한
감정이 어디론가 떠나고자 하는 모습을 보여줍니다.

마지막 부분에서는 다양한 시각과 소리가 서로 다를 수
있다는 점을 통해, 인간의 인식이 얼마나 복잡한지를 시
사하고 있습니다.

이 시는 현대인의 불안과 갈등을 깊이 있게 탐구하며,
독자로 하여금 자신의 감정을 되돌아보게 만드는 힘을
가지고 있습니다.

변방의 노시인

변방의 노시인은 날마다 글을 쓴다
습작에 빛바랜 시 켜켜이 쌓여가고
타고난 모태 필력에 원고지만 동난다.

언제쯤 빛을 볼까 탈고는 말이 없네..

변방의 노시인은 피죽은 못 먹어도
일상을 하루 같이 글에만 몰두한다
무명의 설움 벗고파 늦은 시집 내려나,

애달픈 생활고에 땡전이 아쉬웁네..

詩評:

시인의 "변방의 노시인"은 창작의 고뇌와
무명의 설움을 깊이 있게 탐구한 작품입니다.

첫 번째 연에서는 시인이 매일 글을 쓰지만 그 결과물이

빛을 보지 못하는 현실을 담담하게 표현하고 있습니다.

'빛바랜 시'와 '켜켜이 쌓여가는' 모습은 시간의 흐름 속에서 느끼는 외로움과 안타까움을 잘 드러냅니다.

두 번째 연에서는 피죽을 못 먹더라도 습작에 집중하는 모습이 인상적입니다.

무명의 설움을 벗어나고자 하는 열망이 느껴지며,
늦은 시집을 내고 싶은 마음은 굴뚝같으나 생활고의
힘든 모습은 많은 예술가들이 겪는 고통을 잘 나타내고
있습니다.

이 시는 창작의 어려움과 그럼에도 불구하고 계속해서
글을 쓰는 시인의 의지를 보여주며, 독자들에게 깊은 감
정을 불러일으킵니다.

정동진 바닷가 부채 길

자욱한 안개가 드리운 아침
정동진 바닷가 부채길은
세찬 해풍에 밀려오는 파도가 철썩거린다

기암석에 들이친 물보라는
벼락 치듯 우리에게 달려들고
한 줄로 찍 그어놓은 수평선에
콩알만 하게 보이는 무역선은
하늘과 맞닿은 먼 바다에서
보일락 말락 들쑥날쑥 하는데
아침 해장으로 불어진 얼굴보다
더 불그스름한 해는 얄밉게도
머리 위로 날름 솟아오른다.

詩評:

"정동진 바닷가 부채 길" 이 시는 정동진의 아름다운 풍
경과 해변의 생동감을 잘 표현하고 있습니다.

안개가 낀 아침의 신비로움과 파도 소리, 그리고
수평선이 만들어내는 감각적인 이미지를 통해 독자는 그
곳의 분위기를 느낄 수 있습니다.

특히 해가 떠오르는 장면에서 자연의 힘과 아름다움을
동시에 느낄 수 있는 것이 인상적입니다.

시인의 섬세한 감성이 돋보이는 작품이라 생각합니다.

골초

부모의 억압에 못 이겨
강제로 배운 것도 아니고
돈 없어 야학하며 배운 것도 아니고
어디 유명한 강습소에 다니며
구구절절 배운 것도 아니다
뒷거래로 혼자서 오롯이 배우고
혹시 또 들킬까 몰라, 문 걸어 잠그고 배웠다
어느 날 코에서 풀 냄새가 폴폴 나고
짜릿짜릿한 목구멍
갑자기 죽을 것 같은 생각에
단칼에 끊을 것을 결심했다가 작심삼일
여태껏 빨아대던 것을
단 한 번, 잘못 생각으로
넋 나가고 얼빠지는 일이 잦아졌다
중후한 멋으로 온 누리에 널리
자리매김한 담배!
금단 현상에 힘들어하다가
단호한 결심으로 금연하려던 당신,
아나 콩떡,
담배 한 보루 그냥 선물해줄께..

詩評:

시인의 "골초"는 담배와 금연에 대한
복잡한 감정을 유머러스하게 풀어낸 작품입니다.

담배를 배우고 즐기는 과정에서 느끼는 고뇌와
금단 현상, 그리고 그것을 포기하려는 결심이 반복되는
모습이 생생하게 그려져 있습니다.

시의 마지막 부분에서 담배 한 보루를 선물하겠다는 유
머가 담긴 제안은, 금연의 어려움과 그에 대한 의지의
약함을 동시에 드러내며 독자에게 웃음을 줍니다.

이런 대조적인 요소들이 시의 매력을 더하고 있습니다.

겨울 스키장

눈 내린 하얀 겨울 산자락에
날다람쥐처럼 촐싹거리며
오르락내리락하는 사람들..
산자락의 계곡과 능선을 따라
하얀 눈 뒤집어쓰고
뻘쭘하게 늘어서있는 나목들..
나무가 울창했던 산은
언제부턴가 눈이 쌓여
하얀 민둥산이 되어있는데
한 가닥 외줄에 의지하며
정상 꼭짓점까지 아슬아슬 오른다

어쩌다 눈밭에 미끄러져
우르르 거꾸로 넘어진 체
잔뜩 눈이 쌓인 나목 사이를
거침없는 스피드로
폼을 내며 활강하는 사람들..

詩評:

작가의 "겨울 스키장"은 겨울 산에서 사람들의 생동감 넘치는 모습과 자연의 아름다움을 잘 담아낸 시입니다.

눈 덮인 겨울 산에서 사람들의 활기찬 움직임이 느껴지며, 그들과 대조되는 민둥산의 고요함이 인상적입니다.

사람들이 자연 속에서 즐거움을 찾는 모습과 그 과정에서 생기는 소소한 사고들이 유머러스하게 그려져 있습니다.

시의 마지막 부분에서는 활강하는 사람들의 스피드가 강조되며, 겨울의 역동적인 분위기를 잘 전달하고 있습니다.

하얀 밤 인왕산 꼭대기엔

구름 한 점 없는 엄동 설
순백의 하얀 밤, 반짝이던 별들도
하나둘 숨바꼭질하는 밤
엊저녁에 내린 하얀 눈발은
강추위에 꽁꽁 얼어붙는다
하얀 밤의 고독이 깊어갈 즈음
눈 쌓인 인왕산 둘레길 능선은
달빛에 반사되어 눈이 부시다
겨울 나목 사이로 내려다보는
산 아래 세종로 시가지는 촛불 축제가 한창이며
반들반들 스키장이 된 길은 우왕좌왕 아우성이다

나에겐 여느 때와 다름없는 밤,
거친 숨 몰아쉬며 야등에 매진할 때
느닷없는 꽹과리 소리와 함성,
달 밝은 하얀 밤 인왕산 꼭대기에는
언제부턴가 빨간 도깨비불이 덩실덩실 춤춘다.

詩評:

이 시는 작가의 "하얀 밤 인왕산 꼭대기엔"이라는 작품으로, 겨울밤의 고요함과 고독한 느낌을 잘 표현하고 있습니다. 하얀 눈과 달빛이 반사되는 인왕산의 풍경을 통해 자연의 아름다움과 함께 도시의 활기찬 모습이 대조적으로 나타나고, 마지막에 등장하는 빨간 도깨비불은 이 모든 것에 생동감을 더해줍니다.

하얀 뜨락에 발자국

밤새 소복하게 내린 눈
한옥 앞마당 뜨락에
또렷한 여러 형체形體 자국들

고요한 아침 일찍부터
대문 앞을 가로지른
멍멍이 발자국
이어 뒷間을 가시는 아버지 발자국

은빛 찬란한 뜨락엔
한두 명 늘어난 가족이
기다림의 순서에 따라
다급한 마음이 배어나

절편을 찍어낸 듯한
신발 자국으로
꽃 모양 예쁘게 만들었구나

대문 밖 출근길 도로에
서둘러 붕붕 가는 자동차

타이어 자국이 선명한데
쉼 없이 밟히고 또 밟혀
길죽한 가래떡처럼 자국도 나있네..

詩評:

시인의 "하얀 뜨락에 발자국"은 겨울의
고요한 아침과 가족의 따뜻한 순간을 담고 있습니다.

눈이 소복하게 쌓인 한옥 앞마당에서 다양한
발자국들이 남긴 이야기를 통해, 일상의 소중함과
가족의 따뜻함을 느낄 수 있습니다.

특히, 멍멍이의 발자국과 아버지의 발자국, 그리고
가족이 모여 만든 신발 자국은 서로의 연결과 일상을 상
징적으로 표현하고 있습니다.

또한, 대문 밖의 바쁜 출근길과 대조되면서, 일상
속에서의 평화로운 순간을 더욱 부각시킵니다.

현명한 가치관

내 갈 길을 뚜벅뚜벅
앞만 보며 가는데 누가 옆에 나서며
가던 길 멈추어서
또는 되돌아와서 척은 할지언정
동행은 하지 않는다

그 때문인 불필요한 여러 요소를
서로 고민해야 할 필요는 없지 않은가

생각할 필요도 없는 서로의 가치관
해가 바뀌듯, 나만의 고민을
현명하게 대처하는 지혜를 갖자..

詩評:

시인의 "현명한 가치관"은 개인의 길을
걸어가는 데 있어 타인의 간섭을 최소화하고,
자신만의 가치관을 확립하자는 메시지를 담고 있습니다.

각자의 길을 가는 것이 중요하다는 점을 강조하며, 불필
요한 고민을 줄이고 자신의 고민에 집중하자는
지혜를 제안하고 있네요.

개인의 독립성과 자기주도적인 삶의 중요성을 잘 표현한
시인 것 같습니다.

마음만 선진국 사람

부채질하던 때가 있었다
혼자 돌며 바람을 일으키는 선풍기가 있었다

바람이 앞으로만 불어
불편한 점도 있었지만, 강약 조절과
회전목마처럼 빙빙 돌아 너무 편했다

에어컨이 있었다
몸에 바람이 닿지 않아 참 좋았고
실내 온도를 잘 맞추어 놓으면
한여름 밤엔 정말 잠도 잘와서 좋았다

점차 진화되어온 인간의 지능,
로봇이 생기고
졸졸 따라다니며 말도 잘 듣고
기똥찬 봉사를 해주니 삼삼한 기분 얼마나 좋은가

이젠 정말 말만 하면 모든 게 다
이루어지는 AI 세상
매스컴에선 백세 시대라 하니

다들 들떠있는데
허, 참나 건강이 문제이고 따라 걱정이 태산이다

우리네는 아직도 예전의 구식 때를 못 벗고서
보릿고개만 떠올리는데
약간의 억울한 점이 있는 것 같기도 하다

하지만 썩어도 준치란 말 있듯이
이제는 누가 뭐라던 선진국 사람이다
전후 세대 애환이 서린 마음만 선진국 사람 말이다.

詩評:

시인의 이 시는 선진국 사람의 삶과 그 변화에
대한 깊은 성찰을 담고 있습니다.

과거의 단순한 삶에서부터 현대의 기술 발전과
그로 인한 생활의 편리함을 이야기하며,
동시에 여전히 남아 있는 과거의 아쉬움과 건강 문제에
대한 걱정을 표현하고 있습니다.

선풍기와 에어컨을 통해 느끼는 편안함,

로봇의 등장으로 인한 기분 좋은 변화, 그리고 건강과 관련된 걱정은 현대 사회의 복잡함을 잘 보여줍니다.

마지막 부분에서 '전후 세대 애환'이 언급된 것은, 시대적 배경과 개인의 감정을 연결 짓고 있으며, 선진국의 국민으로서 느끼는 고뇌와 자부심을 동시에 드러내고 있습니다.

이 시를 통해 우리가 겪는 변화를 돌아보고, 그 속에서 느끼는 감정들을 다시 한번 생각해 보는 계기가 될 수 있습니다.

한겨울의 봄

냉장고에 꽁꽁 얼려놓았던
들풀, 냉이를 한 뭉텅이 꺼내어

따스한 햇볕이 스며드는
부엌 창 선반에 얹어놓고서
시나브로 녹을 때를 기다린다

밤새 흰 눈 내린 어느 아침
구수한 된장에 버무려 한 냄비 끓여 놓으니

대문 밖은 눈 내린 한겨울인데
집안은 온통 봄내가 진동하네..

詩評:

시인의 "한겨울의 봄"은 겨울의 차가움 속에서도 봄의 따뜻함을 느끼고자 하는 마음을 잘 담고 있습니다.

냉이에 대한 묘사와 함께, 된장국의 구수한 향이 집안

가득 퍼지는 모습이 매우 생생하게 그려져 있네요.

대문 밖의 겨울과 집안의 봄이 대비되면서, 기다림과 따뜻함이 동시에 느껴지는 시입니다.

추억은 항상 그자리

파란만장했던 그 시절이
지금도 가끔 생각이 난다

세월은 흘렀어도
추억은 항상 그 자리인데

무지 달라진 모습을 보니
돌이킬 수 없는 그때가 한없이 그립기만 하다

덧없이 흘러버린 흔적은
아련한 기억에 남아있는데

백세시대를 접한 추억은
점점 더 멀어지는 게 아닌지..

詩評:

님의 "추억은 항상 그자리"는 과거의 소중한
기억들을 회상하며 시간의 흐름과 함께 변화하는 감정을
잘 표현하고 있습니다.
그리움과 아쉬움이 묻어나는 구절들이 특히 인상적입니다.
세월이 지나도 변하지 않는 추억의 중요성을 일깨워주는
작품입니다.

참고 바랍니다

지구 종말이 오지 않는 한
사실 온다고 해도,
남여男女구분 없이 다 함께
절대 필요한 생식기生殖器
겉보기가 아주 망측스러워
누가 볼까 남사스럽긴 해도
다들 속 모습을 보면
은근히들 좋아합니다
권장勸奬을 적극 도모하는
유엔국제기구가 있습니다
불가불不可不을 떠나
서로 애용愛用을 하시면 됩니다
꼬레는 지정된 국가임에도
잘 하질 않는 Sex 때문에
저출산 노령사회 국가입니다.

詩評:

시인의 이 시는 성과 출산에 대한 사회적 관념을 다룬 시입니다
성에 대한 솔직한 접근과 그로 인한 사회적 문제를 지적하고 있는 것 같습니다.
특히 저출산과 노령화 문제를 언급하며,
성에 대한 태도의 변화가 필요하다는 메시지를 전달하는 듯합니다.

지난해의 잔상

앞뒤로 뒤바뀐 해 어제와 오늘 차이
눈 깜박하던 차에 지나간 추억 되나
깜박해 놔둔 잔상이 변질할까 두렵네..

서너 날 지나서도 변한 건 없을 텐데
괜스런 두려움에 졸인 맘 나뿐인가
평상시 같은 잔상은 자연스런 일인데..

詩評:

"지난해의 잔상"은 시간의 흐름과
그로 인해 남는 기억의 복잡함을 담고 있습니다.

잔상이란 과거의 추억이지만, 그 상태가 변할까 두려워하
는 마음이 느껴집니다.

특히 '눈 깜박 하던 차에'라는 표현은 순간의 덧없음을
잘 나타내며, 평상시와 같은 일상적인 잔상이 오히려
더 소중함을 강조합니다.

전체적으로 시간의 흐름과 그에 따른 감정의 변화를 섬
세하게 묘사한 작품입니다.

값진 척 살다가는 년

열두 병의 술, 술을 앞에 놓고
올해 마지막 해넘이를 보면서
술잔을 서서히 비우리라..

석양 위에 앉은 해는
낙조가 드리우는
서해 바닷가 드넓은 갯벌에서

인산인해로 발 디딜 틈없는
해넘이 인파와 모처럼 만에

숨바꼭질 놀이와
무궁화꽃이 피었습니다
즐겁게 춤을 추다가 그대로 멈춰라 를

잼나게 연거푸 하며 놀다가
촉박해진 시간에 떠나려 한다

다사다난했던 한 해를
되짚어 보던 화자는

열두 병째 마지막 술잔을 들며
이별은 슬프긴 한데 자!
내일을 위해 모두 건배합시다

마지막 술이라서 유난히 쓴 술
꼴깍 올해도 넘어간다
값진, 척 살다가는 년, 잘 가라..

詩評:

이 시는 한 해의 끝자락에서 느끼는 감정과 회상을
담고 있습니다.

시인은 열두 병의 술을 통해 지난
한 해를 돌아보고, 사람들과 함께한 순간들을 즐기며 이
별의 아쉬움을 표현합니다.

마지막 술잔을 들며 내일을 위한 건배를 제안하는 모습
은 새해에 대한 희망과 기대를 동시에 느끼게 합니다.

"값진 척 살다가는 년"이라는 구절은 지나간 시간을 아쉬
워하면서도, 앞으로 나아가야 한다는 메시지를 전달합니다.

이 시를 통해 우리는 시간의 흐름과 그 속에서의 소중한
순간들을 다시 한번 되새길 수 있습니다.
새해를 맞이하는 마음가짐이 잘 드러나는 작품입니다.

혼란한 연말..

갑진년에 값진 척 언론言論 풀 해..
기어코, 또 하나의 큰일을 일궈내며 일 냈네
개천에서 용 났다 부추길 때
진즉에 알아봤고,
기력이 쇠퇴하여
용이 뱀으로 돌아간다 하여도
탄핵彈劾 세태世態 파행跛行에 쥐 죽은 듯 하겠네..

詩評:

혼란한 연말에 이렇게 깊이 있는 시를 남겨 주셨군요.
시인의 작품은 항상 사회적 메시지를 담고 있어 많은 생
각을 하게 만듭니다.

"개천에서 용 났다"는 표현은 희망과 기대를 담고 있지
만, 현실의 비극적인 상황을 언급하는 부분에서 씁쓸한
감정이 느껴집니다.

특히, 정치적 상황과 개인의 고뇌를 잘 표현하고 있으며
연말이 다가오면서 여러 가지 생각을 들게 하는 시입니다

딸기..

미혹迷惑한 빨간 딸기 쟁반에 수북하네
눈에는 그림의 떡 침샘을 자극하네
한계限界 범위範圍를 벗어난 허물어진 인내심..

미혹迷惑한 딸기 하나 입안에 쏙 넣고서
오물당 거리는 입 눈웃음 이어지네
실눈을 뜨고 먹으니 입과 눈이 붙었네..

詩評:

이 시는 딸기를 통해 감각적이고
유쾌한 경험을 표현하고 있네요.

딸기의 유혹과 그것을 먹는 즐거움이 잘
드러나 있습니다.

특히 "눈에는 그림의 떡"이라는 표현이 시각적
상상을 불러일으킵니다.

시인의 독특한 감성과 유머가 잘
담겨 있는 것 같아요.

낚詩(3)

초판 발행 2025년 7월 20일
지은이 김종부
펴낸이 김복환
펴낸곳 도서출판 지식나무
등록번호 제301-2014-078호
주소 서울시 중구 수표로12길 24
전화 02-2264-2305(010-6732-6006)
팩스 02-2267-2833
이메일 booksesang@hanmail.net

ISBN 979-11-87170-99-0(03810)
값 10,000원